MADRIGALI

Giovanni Battista Leoni

© 2023 Culturea Editions

Texte et illustration de couverture : © domaine public
Edition : Culturea (Hérault, 34)
Contact : infos@culturea.fr
Retrouvez notre catalogue sur http://culturea.fr
Imprimé en Allemagne par Books on Demand
Design typographique : Derek Murphy
Layout : Reedsy (https://reedsy.com/)

Dépôt légal : janvier 2023
Tous droits réservés pour tous pays

ISBN : 9791041845507

All´Illustrissimo signore Monsignore Giuliano Dalla Rovereetc.

Perchéalcuni di questi Madrigaliche poco accortamente questi mesi addietro io misono lasciati uscir di manose ne vanno attorno acquistando qualche deformitàalle loro naturali imperfezioniho convenuto però quasi astretto da paternacaritàaccompagnandoli con alcuni loro fratellilasciarli più legittimamenteandar attestando al Mondoche s´io non son buon Poetason ben uomo fragilecome gli altri. E questa pubblicazione ho voluto arditamente onorarla eonestarla col nome di vostra Signoria Illustrissimaalla quale dedicando ioquesti miei oziosi e incontinenti partivengo senza dubbio a preservarli daquelle note che altrimente riceveriano per se soli. Perché non sarà alcuno chevedendoli raccomandatie per avventura graditi da vostra Signoria Illustrissimaper abito e per professione costituita in superiorità Ecclesiastica e pernatura risplendente d´eroica e Serenissima Nobiltànon solo non li accusima non li stimi molto in grazia di lei. La supplico per tanto ad ammettermibenignamente la prosunzione di questo artificioe ricever volentieri nel donol´obbligata e antica reverenza del donatore. Il quale con perpetua devozioneverso la persona di vostra Signoria Illustrissima e della Serenissima casa suasi come ardisce di procurar lode agli errori suoi col nome di leicosìdesidera di onorar ancora la sua vita col servirla; e reverentemente le bacio lemani.

DiVostra Signoria Illustrissima
Umilissimo Servitore
Giovanni Battista Leoni.

Scusa di amorosa incontinenza nelle presentirime

Quellacieca d'Amor fiamma vorace
Chem'arse il core e traviò la mente
Eccoche non ancora estinta giace
Anzinel gelo altrui fassi più ardente;
Eda contrari affetti
Agitatasovente
Delmio folle sperar rende maggiori
Epiù dolci gli ardori.
Musevoi che i pensierl'operei detti
Reggesteun tempoe gli amorosi errori
Seguidaste l'ardire
Pubblicateil pentire;
Poichédi questo mio vano disio
Lacolpa è vostra et il pentirsi è mio.

Violenza amorosa in bellezza umana

Quagiù quanto mirate
Voitanto innamorate.
Népuò de' sguardi vostri
Fuggirsiormai la cara violenza;
SonCieli gli occhiAmor l'intelligenza.
Anziné voi potete
Nonispirar amor ne' petti nostri;
Poichéper noi bear solo vivete
El'anima del Mondo al Mondo sete.

Dolcezza terrena sembianza della divina

Dalbel che in voi si vede
Ilbel del Ciel si riconosce e crede;
Anziquel ben si gode e si comprende
Chequa giù non s'intende.
Mentreraggio divino
Sìvivamente in voi riluce e splende
Ched'amor improvviso e pellegrino

Lietoil Mondo si accende.
Ondealtri vive in voi e voi vivete
Peraltri ravvivare così sete
Del'eterna bontà splendor fecondo
Simulacrodel Cielvita del Mondo.

Principio d'amore in una rappresentazionedi tragedia

Giàfur quegli occhie quell'altero viso
Dela Tragedia mia scena amorosa
Orsono il mio terreno Paradiso
Dovecontempla e posa
L'animainnamorata:
Tragediafortunata
Anzifelice sacrificioond'io
Nelproprio focosacerdote Amore
Vittimafui del bello Idolo mio.
Omi' almao mio core
Lietilanguite pure
Sperandoalte venture
Poichéd'alma bellà le grazie tante
Nele Tragedie altrui mi fanno amante.

Incontro improvviso della cosa amata

Volgii passi e i pensiertimido amante
Sicuropur dove ti chiama o inclina
Lavirtù non errante
Deltuo terreno Ciel; che non s'adora
Senzail consenso suo cosa divina.
Segretaviolenza t'innamora
Nonbassa elezion de la tua mente;
Cosìnon opri turapito vai
Adincontrar sovente
L'auravital de gli amorosi rai.
Cosìpropizie al viver tuo son quelle
Adorateda te lucenti stelle.

Scherzi de occhidilabbra e di lingua.

Tempranel foco de' begli occhi Amore
Isuoi strali oggidì Fabbro et Arciero;
Eta i rubini ardenti
Doveadduce talor nettareo umore
Caranube vezzosa e pellegrina
Gliarruota poi; quindi deluso il fiero
Tirannoal cor mentita gioia arreca
Invece di tormenti;
Etmentre l'ira cieca
Superborinvigora e l'armi affina
Raddoppiandocosì colpi mortali
Sonle ferite sue piaghe vitali.

Febbre Quartana in bella Dama

Ahidel nostro sperar fede tradita
Ahide l'alma Natura
Custodiaciecainutile e mentita.
Comepotrassi ormai l'umana cura
Piùconfidare in lei
S'ellacede le pompe e gli onor suoi
Asacrilega febbre per trofei.
Vittoriaingiuriosaardir profano;
Osibenma non puoi
Oltrecondurre a l'usurpato segno
Delmio bel sol l'egro trionfo indegno.
Vintolangu'egli sìma però in vano
Malignaeclisse il santo lume offende
Chemalgrado di lei anco risplende;
Epuò al mio cor co' languidetti raggi
Compartirgrazie e vendicar gli oltraggi.

Privazione insolita della vista della cosaamata

Giornoinfausto e mendace
D'onordi luce privo;

Questolume fallace
Colquale il Mondo inutilmente desti
Eccoche semivivo
Spiegasenza il mio Sole i raggi infesti.
Ogiorno noma torbida infelice
Nottecieca et amara.
Miroben ioma nel mirar m'avveggio
(Misero)o ch'io non vivo o ch'io non veggio.
Ofidao beatrice
Scortadell'alma mia beata e cara
Dehvienie rendi ormai col tuo ritorno
Lavita a mel'intiera luce al giorno.

Nel medesimo soggetto

Occhimiei non vedete
Eperò voi piangete?
Violenzanon è questao rigore
Magiustizia d'Amore:
Perchése voi peccaste
Voiper voi stessi ancora soddisfate;
Segià sguardi rubaste
Orlagrime pagate;
Ese 'l furto vi fu già grato tanto
Orrendetelo pur converso in pianto.

Nel medesimo soggetto

Occhisi nega al core
L'usatociboet ora
Piangendoracquistar credete poi
Lavita a mel'amata luce a voi?
Se'l nostro Sol che l'altro Sol onora
Occultostassiin van vi raggirate
Invano lagrimate;
Senon che ben potete
Afflitticome sete
Giovarmiancorversando pronti fuora

Crudelministri di servizio pio
Conle lagrime vostre il viver mio.

Rossore improvviso nell'amata

Questocinabro ardente
Ch'inreal volto fiammeggiando avvampa
D'amorososplendor la Terra e 'l Cielo
Èdi colpa mortal segno innocente.
Questivestigi erranti
Chefiamma occulta rosseggiando stampa
Nelbel rigor dell' animato gelo
Sondi casta pietate indizi amanti.
Orche farassi Amor? ferito inanti
Alferitor convinto avrò a perire?
Crudelpoi che consenti
Nolnegoio vo' morire.
Maqueste labbia almen sian gli stromenti
Perchésia foco o ghiaccio quel ch'io veggio
Baciarquivi e morir altro non chieggio.

Nel medesimo soggetto

Questorossor ch'io veggio
Lampeggiarimprovviso
(Benmio) nel vostro viso
Ède l'incendio del mio core istesso
Unleggiadro reflesso.
Esì come oggi il Mondo e la Natura
Vedee consiglia in voi
Quasiin vivente specchio i pregi suoi
Invoi così procura
Chela sua fiamma Amore
Visibilmenteancor s'amie s'adore.

Contemplazione amorosa

Cibode l'alma è ben la cara luce
Madel misero cor esca e veleno
Perchéqualora Amor mi riconduce
Adadorar il mio bel Sol terreno
Quasiin cavo cristalloocchi dolenti
Stringonsii raggi ardenti;
Eaccendon poscia l'amoroso ardore
Nel'opposito core
Chesol si nutre e pasce
TormentataFenice
Dela fiamma che in lui cresce e rinasce.
Cosìnel mio penar vivo felice
Edolcemente poi
L'almagodearde il corpiangete voi.

Sogno amoroso

OSonnoo della Morte
Misteriosae desiata imago
Dela Notte e de l'Ozio amato figlio;
Forsede la mia sorte
Nunziolieto e presago
M'apricoi sogni tuoi qualche consiglio?
Ode l'alma innocente
Errorigloriosi
Oracoliamorosi
Dovesempre è ingannata e non si pente
L'innamoratamente.
Sel'alternar del placido riposo
M'èal fin grave e noioso
Eche ne la sembianza del morire
Solmi avvenga gioire
Ormaidel mio servirde la mia fede
Sial'eterno dormir sola mercede.

Elemosina di bella Dama

Iopur veggo infelice ch'altri chiede
Etimpetra mercede;
Néperché umil e supplice io mi stia
Mendicoamantea quest'afflitta vita
Chiedendoalcuna aita
Egliavviene però (spietato Amore)
Chepietà si aggia a la miseria mia.
Odi Tantalo assai pena maggiore:
Nel'avaro abbondar quella rinasce
Mail fuggitivo cibo altri non pasce;
Nonson mendico io sol che langue e prega
Purdassi ad altrie a me si mostra e nega.

Nel medesimo soggetto

Labella man che la mia vita regge
Meraviglied'Amore
Nudadona et inerme i petti impiaga;
Anziin un tempo stesso
Quelche a l'un è mercede a l'altro è piaga.
Omio trafitto core
Talfolgore omicida
Franutritiva pioggia il Ciel disserra;
Etavvien ch'altri ancida
Nelfecondar la terra.
Mapoi che pur di viver m'è concesso
Delben altrui piagato spettatore
Miseroamantegoderò che sia
Laman crudele a meche ad altri è pia.

Detestazione del timore in amare

Oneghittoso et importuno figlio
Dimentita prudenza; o del periglio
Infaustomessaggiero;
IndegnoConsigliero

Del'onor et d'Amore
InfeliceTimore!
Quantofora miglior de la licenza
Dolersioimèche de la negligenza!
Iopiango il danno certo
Deltuo consiglio incerto;
Piangoquella innocenza
Ch'esserdoveva un generoso errore.
Mase 'l giusto dolore
Nonpotrà di pietate acquistar merto
Avròmal grado tuo pur tanto ardire
Cheal fin potrò morire.

Riso e sguardi amorosi

Eccolanguirvi inante
Ilfulminato cor piagato et arso
Dala stessa pietate
Delvostro clementissimo sembiante.
Dolcementemirate
Dolccmcnteridete
Ecosì dolcemente m'uccidete.
Purnon posso né viverné morire;
Perchémi risanate col ferire
Enel sanar porgete
Aqueste piaghe dolcemente acute
Omicidasalute.
Obenigna cagion del mio languire
VoiGiove setee Cielo è il vostro viso
Folgorigli occhi sonbaleni il riso.

Resiste bella dama a pubblico sonno

QuasiSol che tramonte
Sond'ostro aspersitumidetti e gravi
Gliocchitua scortaAmormie fide stelle
Checon placido occaso invido sonno
Tentapur d'oscurare

Dele palpebre lor ne l'Orizzonte;
Mavacillantioimègirando ponno
Conmille languidetti error soavi
Nondormirma ferire
Nelmedesmo languire.
Oquanto inferme più tanto più belle
Lucibeate e care!
Ahiche 'l penar è miovostro è il gioire.
Névoi patite occaso; io che mi pasco
Delvostro lume in voi moro e rinasco.

Fissa contemplazione amorosa

Apeson ioche sussurando intorno
Coimiei sospiri a i gigli et a le rose
D'unaceleste eterna primavera
Tentoardisco e m'aggiro
Volorivolo e miro
L'escavital che Amor quivi compose;
Nébasto tanto ad impetrarne un giorno
Chepossa nutrir l'almaonde non pera.
Avaracrudeltà d'empio Signore
Negarcibo a chi more?
Lassoe quel cibo stesso
Amorche m'hai promesso?
Mas'ape io sonvolgasi in questo core
L'aculeo;e sangue traggasi e non mèle
Etin me sia pietà l'esser crudele.

Ritratto di cosa amata in Cera

Fragilvetrovil ceraarido legno
Ingiustiziad'Amordunque fia degno
Diposseder intera
Delcaro Idolo mio l'effigie vera?
Oprivilegio indegno;
Dunquefia quest'onore
D'altriche del mio core?

Scioccoe breve diletto
Diportentosa voglia.
Ahnon fia vero mai (ben mio) ch'io voglia
Scolpirtialtrove piùche in questo petto;
Néch'io procuri (oimè) vederti tanto
Sordaet inesorabile al mio pianto.

Al fiume della Brenta

Sìcome rappresenti
Aquest'occhi dolenti
Fiumepietosol'infelice imago
Forseperch'io mi penti
Dipenar et d'amare;
Ahiche pietà maggiore
Forain questo tuo sen liquidoe vago
Diconservarla sì ch'in grembo al mare
Depostapoifosse a chi questo core
Lacerarsi compiacque
Spettacolod'Amor in mezzo a l'acque.
Malassoche 'l dolore
Cheda questi occhi in te piove e descende
L'effigieturbae la pietà contende.

In esto amoroso

Inutilpianta in derelitto campo
Ase stesso vivea
Inquesto petto il cor negletto e inculto;
QuandoAmorche così non ne traea
Forsegli usati frutti
D'ogn'altroben troncogli i rami tutti;
Enovello virgulto
Conprofonda ferita
Innestovvid'altissima speranza.
Odi colpo mortal piaga felice
Sea l'innestato cor non manca aita.
Mase sparisce il Soleond'egli ha vita

Ahiche breve fia 'l tempo che gli avanza;
Elo vedrem giacer su la radice
Cadaverod'Amortronco infelice.

Gelosia di custode

D'insanagelosia ministro infame
Empiorigorpotrai
Impedirmiil vederl'amar non mai.
Vegliae t'aggira purArgo importuno
Ches'io vivrò digiuno
Delmio cibo amoroso
Tunon avrai riposo.
Odi vil servitù mostro fedele
Dubitandodel canto
Tipreservi dal sonno col mio pianto?
Ahid'iniqua pietà zelo crudele:
Serbae nascondi purcustode ingrato
Ilmio tesorch'io pur vivoamo e spero;
Matu viviodie temie vai beato
Dele ricchezze altrui mendico altero.

Nuovo amore

Inte mio nuovo Sole
Ioprovo et assicuro Aquila amante
Delmio fermo disio l'incerta prole.
De'tuoi raggi amorosi al corso errante
Lionson iosegno felice e noto.
Cosìla forza e 'l volo
Cheda te viemmi solo
Ate consacro ancor pronto e devoto;
EtAquila e Lion al tuo bel lume
Bramoinfiammarsi il corarder le piume.

Notturno furto di baci

Diquesti cari baci
Furtie rapine audaci
Ofautrici d'Amor tenebre pie
Lagloria è vostrae le dolcezze mie.
Sorgifastosa purinvida luce
E'l Mondo indora e 'l Ciel rischiara e sgombra;
Chese benigna l'ombra
Ala felicità m'è scorta e duce
Epermette il goderne
Sianpur i giorni miei tenebre eterne.
Ch'iovivrò cieco amantee 'l cieco suole
Tenebrosonel dì goder il Sole.

Versi per baci

Benmioquest'obbligarmi
Perbaci a render carmi
Èdel debito mio tanta ventura
Ch'iomi arricco del vostroe sto nel patto;
Epago con vantaggio utile usura
D'amorosapietà dolce contratto.
Esconda questa bocca i carmi e 'l canto
Doveaffiggete voi bacie informate
Lalingua e 'l cor de le dolcezze vostre.
Cos'iomi onoro e vi ministro quanto
Inme voi fabricate
Apegentil; sì come avvien che mostri
Onoratotalor d'onor non sui
Custodevil ricco tesoro altrui.

Vaso di vetro donato

Questovetro che a voi dono e consacro
Èdel mio cor l'effigie e 'l simulacro.
Cenerei prima fureliquia oscura
D'empiofoco vorace

Posciaamica fornace
Questavita gli die' lucida e pura.
Giàfiamma ingrata incenerì il mio core
Manuovo foco poi
Fornaceil vostro viso e fabbro amore
L'informòe 'l ravvivò coi favor suoi.
Ors'io vivo per voi felicee sono
Esempiod'amorosa alta ventura
Poichébeaste il corgradite il dono.

Errore amoroso

Voipeccasteio peccai;
Mal'uno e l'altro errore
Impetofu d'Amore.
Lavostra negligenza
Fugiusta et amorosa confidenza;
Cosìlo sdegno mio
Sefu crudele a voia me fu pio.
Ocolpe avventurose de gli amanti
Amorele condannaAmor le accusa;
Amorle assolve ancora e Amor le scusa.
Viviamdunquee godianne; che fra tanti
Giridiscordi anco il Ciel vivee infonde
Millevite qua giù dolci e feconde.

**Godimento di cosa amata intesa per la Luna
ad onta d'altra significata per lo Sole**

Segelosa importuna
Nubemi fura il Sole
Èben ragion ch'i' adori
Nel'amico silenzio de la notte
FeliceEndimionla cara Luna.
Trai notturni splendori
PallidettoPianeta
Questobenigno splendeet incorrotte
L'altrepompe del Ciel vagheggia e mira;

Quellosolo e superbo il Mondo gira
Eporta altero in fronte e foco e sangue
Mapoi sotto vil nube infermo langue.
Orcon tua paceAmortacita e queta
Vitavivrò sicuro
Ebramo eterna notte e 'l dì non curo.

Rosa masticata

One le tue sciagure avventurosa
Felicissimarosa…
Vintaveggio languirti e cader priva
Dicolor e di odore
Trabelle labbra in lunsighiero onore;
Epender semiviva
Vezzosettotrofeoda quella bocca
Cheinsidiosa spira
Nettaree foco e balenando scocca
Risomicidialeamabil ira.
Ote lieta e beata
Chepui muori baciata;
Fossea me dato in sorte
Lamia vita cangiar con la tua morte.

Nei in bella Dama

Neiquesti non son del vostro viso
Mavestigi d'amore
Cheritornando al Cielo
Lasciasovente impressi
Inquesta bella et animata neve
Perchésia il vostro gelo
Ministrodel suo ardore
Erefletta in altrui que' raggi stessi
Ch'eimedesmo riceve.
Omie vitali e lucide fiammelle
Chivide ghiaccio mai sparger faville?
Maqual avvien che in Ciel bianco scintille

Vagoconcorso di minute Stelle
Talla vostra beltà fiammeggia a noi
Eson pompe d'Amor le macchie in voi.

Orologio d'amore

L'animatometal cui mano industre
Arditacompartì la voce e 'l moto
Sìche spirito ignoto
D'immobilcorpo a noi mostra e rimembra
L'altocammin che ci distingue l'ore
Questovero rassembra
Ilvostro visoove s'aggira Amore
Checon le ruote de' vostri occhi addita
Inviva sfera d'alabastro ardente
L'orequa giù d'una beata vita.
Odel mio ben presente
Indicecaroilleso viva eterno
Cosìquel bel che in voi godo e discerno.

Recidiva amorosa

Dolcetormento miofiamma mia cara
Eccodi nuovo il core
Escafatale al tuo benigno ardore.
Dehriconosci in lui
Lerecenti ferite
Delfolgorar di que' begli occhi tui
Ecome son gradite
Piaghevital di feritor clemente
Cosìpietosa i colpi rinnovella
Inlui con le dolcissime quadrella
De'tuoi sguardi cortesi; ond'ei sovente
Fulminatoda te mora e rinasca
E'l foco che l'ancide egli lo pasca.

Aria fortunata

Ariafelice che 'l bel viso intorno
Baciandovaich'io riverisco e temo;
Econ più chiaro giorno
Riccadi doppio Sol superba splendi
Eripercossa da beati accenti
D'Angelicaarmonia col Ciel contendi;
Seforse i dolorosi miei lamenti
Turbanoil tuo sereno
Tantocomparti almeno
Dele tue grazie meco
Ch'iopossa viver teco
Chemal grado d'amor potrò poi dire
Dopotanto languire
Iotrovo pur pietà che mi ristaura
MutoCamaleontee vivo d'aura.

Timida reverenza d'Amore

Qualor ti veggioingrato Idolo mio
Suppliceio pur vorrei
Chiedermercedee forse ch'io potrei
Quellabella impietà render pietosa.
Mal'atterrito cor che adora e teme
Lamaestà del fulminante volto
Inse stesso raccolto
Negavoce a la linguaa gli occhi umore.
Formidabilbellezzae dilettosa
Cheallettar sai e minacciare insieme
Orprivami di speme
Dispietatomiracolo d'Amore
Negamiquanto puoiche al fin negato
Nonmi sarà l'onor d'averti amato.

Benignità improvvisa de' sguardi

Caroimprovviso lampo di pietate
Chenel penoso e desperato abisso
Delmio giusto dolor oggi descendi;
Equivi l'alma amante
Abbaglitanto piùquanto più splendi;
Ioben ti adoroe riconosco in tante
Tenebremie quel raggio di beltate
Chem'accende e m'invita
Apiù beata vita;
Mail tuo lume fugaceoimèche seco
Portaogni speme; onde abbagliato e cieco
Rest'ione gli error miei confusoe sento
Nela stessa pietà maggior tormento.

Sospetto di sdegno amoroso

Nele tenebre amare
D'undoloroso orrore
Vasseneerrando il core
Mentreil mio Sole ineclissato appare.
Eche infauste comete son le stelle
Chefur già poli a l'amorosa speme.
Cosìconfuso e imbelle
Ala disfida acerba
Degli empi lumi ardenti
Iopiangoet egli teme
Etatterriti insieme
Sconsolatifuggiamo et innocenti
Del'amata beltà l'ira superba.
Ma'l bellissimo sdegno è talche ancora
Conla stessa pietade arde e innamora.

Sguardi furtivi

Questisguardi tremanti e fuggitivi
Chetalor verso voi timido invio

Sonovoci del cor dolenti e mute
Conche a voi che 'l feriste
Pietàchiedo e salute;
Madispietato Amorche fiero quivi
Ala vostra beltà geloso assiste
Sìgli atterriscech'io
Desperandomercè le piaghe intanto
Purgodel cor con solitario pianto.
Cosìcol desperar freno il disio
Dela salute; anzi ad onta d'Amore
Godone le ferite il feritore.

Vesti di color di cenere

Misteriosee lusinghiere vesti
Reliquiesol d'inceneriti amanti
Voiben cenere sete
Che'l mio foco coprite e nascondete;
Maquel freddo colore
Nonestingue il suo ardore;
Chequivi anzi si nutree i cori erranti
Allettaet ardementre ognuno in vui
Vagheggiamal accorto i danni altrui.
Ahvesti insidioseor quindi Amore
Avviench'oggi si vanti
D'avertra voi sotto mentito zelo
Focoper infiammar la Terra e 'l Cielo.

Farfalla Amorosa

Iopur ardoe non moro
Aggirandomiinnante
Almio lume fatal farfalla amante.
Eben cerch'io con generoso ardire
Nel'amato splendor fine al languire;
Mala fiamma dolcissima che m'arde
D'immortalfoco sì l'anima accende
Chedi penar non cura

Mentr'ellamirae tacee sguardi fura
Edal bel viso innamorata pende.
Amorle tue promesse inferme e tarde
Lusinghinaltri omai
Chela mia pena certa
Nelcontemplar que' luminosi rai
Gratam'è più che la tua speme incerta.

Azione pubblicacon l'assistenza dellacosa amata

Nelmezzo del suo Ciel lucida e bella
L'amorosamia stella
Stassibenignamente
Rivoltaa l'Oriente
Dela mia speme; e fiammeggiando infonde
Nel'anima soggetta
Virtùcosì feconde
Chedove in se medesima negletta
Giaceatimida pria
Orsi avvalora sìtanto s'accende
Inquell'aspetto di bellezza pia
Ched'insolito onor s'informa e splende;
Equal cristallo al Solne gli occhi altrui
Sparged'alto splendor raggi non sui.

Conforto a se stesso in amore

Animasconsolata ardisci e spera
Etora più che mai mercede attendi.
Setu cosa celeste
Adorie servia che il temerne tanto?
Nonè giusto il timor se non in quanto
Coltuo vil disperar sciocca l'offendi.
IlSole alluma queste
Coseterrenee col medesmo lume
Sel'occhio uman presume
Temerarioaffisarsi in luilo priva
Dela virtù visiva.

Ortu godi così del tuo bel sole
Glisguardile parole
Elo splendor de le sue grazie tante
Servanon vilnon importuna amante.

Subita pace a un improvviso sdegno

Aglisdegnia le rissea le contese
De'due fedeli amanti
Chela serena lor vita turbaro
Qualor sogliono il Ciel turbini erranti
Seguìin breve di baci
Grandinecosì spessa
Epioggia tal di lagrimeche in essa
Quasisi dileguaro.
Quindifrutti migliorfrutti veraci
Ofertili in amar campi vivaci
Avrete(disse Amore
Cheridea spettatore).
Solchiseme e rugiada siano in tanto
Lelabbrai baci e l'uno e l'altro pianto.

Coscienzaamorosa

Dove il liquido argento
D'un vago ruscelletto
Discorrendo facea tra l'erba e i sassi
Col garrir de gli augei dolce concento
Mentre Fillide mia dormendo stassi
E sicura e contenta si riposa;
Amor lo sai tu che vedi ogni cosa
Un bacio ne furai.
Ora se allor peccai
E che 'l furto mi faccia contumace
Io vorrei con tua pace
Confessarle il delittoe al suo bel volto
Restituire il tolto.

Boccamordente se medesima

Fascinatrice e dispietata bocca
Come il morder te stessa altri ferisce
D'amorosa magia forza inaudita
Che un morso in te sia nel mio cor ferita.
Deh vezzosetta Maga
Quel soave furor altrove scocca;
Perdona a le tue labbia
E sfoga in queste mie cotesta rabbia
Né ti spiaccia il sanar piaga con piaga
Che ben potrai con magico stupore
Ferir le labbrae risanarmi il core.

Necessitàd'amore

Il voler ch'io non v'ami
È un non voler ch'io viva;
Perché quel bel ch'amo et adoro in voi
Il mio viver avviva;
E senza i raggi suoi
Non è vita la mia
Sì come senza il Sol dì non saria.
Or non siate voi bella
Ch'anch'io non sarò amante.
Appar lucida Stella
Il vetro al Sole innante;
Tal io ne l'amar voi m'onoro e splendo
Però che in voi m'accendo.
Dunque o questo mi' amor non isdegnate
O la vostra beltà meco incolpate.

Risoluzionein amare

Cresce in voi la beltate
E in me cresce l'amore;
Ma quanto io v'amo piùpiù mi sprezzate.
Gratissimo disprezzo

Quanto sdegnoso piùtanto più caro.
Perché mentr'io m'avvezzo
A le repulsea sofferir imparo.
E potròse non certo
Premio ritrarnealmen gioir del merto.

Risoluzionea disamare

Questaingrata d'Amor nemicae mia
Che dolcemente fiera
Va del suo sdegno e del mio scorno altera;
Poiché preci non vuolpianto non cura
Fuggirollae dirò ch'oggi non sia
La più bella tra noi
Né la più dispettosa creatura.
Così forse avverrà ch'io non l'annoi;
E sia diletto suo la mia sciagura.
Tu perdonamiAmorche col fuggire
Sol potendo servire
Fuggo e servo chi m'odia e mi disprezza.
Inutildisdegnosaempia bellezza.

Nelmedesimo soggetto

O superba bellezza
A te medesma ingrata
S'odi d'esser amata.
Senz'amorche sarai?
Qual in bosco od in piaggia
Che se ne cresca occulta
O che verdeggi inculta
Negletta da pastor pianta selvaggia.
Ciel senza Sol e Sole senza rai
È beltà senz'amor vile et oscura.
Or se sdegni l'amartivivi ormai
E cresci senza onorsenza cultura
Vana pompa del Mondo e di Natura.

PARTE SECONDA

Alliserenissimi Signori Duca e Duchessa di Ferraraetc.

In umil maiestà tra mille Cigni
Dolcemente canori
Aquile generosealme Fenici
Godete i vostri amori.
Umiltà gloriosaaugusti auspici:
Quivi l'Italia i suoi pregiati onori
Vagheggia e mirae a gli altri figli insegna
Come si gode e regna.
Or regnate e godete pur felici
Le glorie vostre e 'l vostro santo zelo
Disciplina del Mondoonor del Cielo.

**Erapiovoso il giorno che 'l Duca di Ferrara
concedèla licenza delle mascheree divenne sereno**

A Grazia serenissima sereno

Diviene il giorno a pieno.
O benigna virtù d'eccelso Duce
O de la nostra età possente luce
Che discaccia la nebbia e spegne il gelo
E per mascherar noi smaschera il cielo.

**Per leSignore Dame musiche delle Serenissime
Duchessedi Ferrara e d'Urbino**

Cari cigni d'Amore
Che cantando rapite altrui la vita
Con dolcezza infinita
Con che crudel virtù fiere canore
Fate d'anime incaute e pellegrine
Armoniche rapine?

Pur col medesmo canto
(Meraviglie inaudite)
Tanto donate altrui quanto rapite;
Che la stessa armonia che l'alme fura
Il vivere assicura;
Né si conosce il viver se non quanto
Altri da sé diviso
Gode il musico vostro paradiso.
Ma di Regi e d'Eroi nido fecondo
Tai sono i parti tuoiglorie del Mondo.

Mandorlaamara inzuccherata

Delusa bocca impara
A confessar col core
Che si gusta in amar dolcezza amara.
O mentito favore
Insidiosa cortesia d'Amore
Riconosco gl'ingannie provo omai
Amorcome tu sai
Premere il cor con dilettosa salma
E i sensi lusingar per tradir l'alma.

Fiori inbocca di bella Dama

Se con isdegno voi
Mordete questi fiori
Emuli de gli onori
E de le pompe de le vostre labbia;
O se gli lusingate
Con vezzosetta rabbia;
O vezzio sdegnoo lusinghe odorate
Di bocca beatrice
Che fa la vita altrui morte felice.

**Oltre ilsolito suo bellissima dama non si lascia
vedere ingiorno piovoso e freddo**

Se potete a la Terraal Cieloanoi
Giovaree non lo fate
Crudelissima donnavoi peccate.
Ecco atra nebbiaecco pestifer ombra
Ch'offende uominie Terrae 'l Cieloingombra;
E voi state nascosa?
Ingratissimo soleor quando mai
Avrete occasion più gloriosa
Di esercitar que' luminosi rai?
Ma voi che sete bella quanto fiera
Non vi curate ormai che 'l Mondo pera.

Sciugatoreprestato a dama che sudava

Converso in pioggia di minute perle
Da l'infiammato Ciel del vostro viso
Scendeva Amor con leggiadretti errori
Di cadenti sudori;
Quando all'insidioso et improvviso
Mistero accorsie volli avido amante
Nel liquido tesoro
Trovare a la mia sete alcun restoro.
Quindi vi offersie voi grata prendeste
Per me stesso arricchirpovero lino;
Ma fur fiamme d'Amor quelle altrettante
Quante stille coglieste:
E così il rugiadoso e pellegrino
Foco adorandoahiche mi serbo in seno
Idolatra crudel morte e veleno.

Parolepensieri e versi inutili

Tanto so d'esser vivo
Quanto di voi ragionopenso o scrivo;
Ma non ponno aiutarmi

Pensierparole o carmi
Sì ch'io non pera nel cospetto vostro
E non divenga in me cieca la mente
Muta la linguainutile l'inchiostro.
Così vivo lontanmoro presente
Tormento inaudito
Et in me sete voi fine infinito
Di speranzedi pianto e di querele
Spirto omicidaanima mia crudele.

Nativitàastrologica del proprio amore

Stavasi in mezzo al vostro viso Amore
Quasi in mezzo del ciel benigna stella
Et in vezzoso aspetto
Splendea tra gli occhi sfavillanti e chiari
Amorosi del mondo luminari
Venere accesa e bella;
Allor che nel mio petto
Nacque il nuovo desio
Dolce tiranno dell'arbitrio mio.
Così vivo soggetto
Né spero unqua poter girmene sciolto
Che l'amante poter vien dal bel volto.

Sguardiminacciosi di Damache vide il preteso amante scherzarecon altra Dama a lui più cara

Imperiose luci
Velenose d'Amor ministre ardenti
Voi ben ferite gli occhima nel core
Non discende il velen del vostro ardore;
Che sicuro e difeso
Non cura lieto d'altra fiamma acceso
Il folgorar de' vostri rai presenti.
Anzi qual'or la Luna ha per costume
Di render su nel Ciel vittoriosa
Il Sol cieco et infermo

Tal l'opposita mia fiamma amorosa
Eclissa il vostro lume
E mi fa contra voi riparo e schermo
Così in aspetto minacciosooscuro
Occhi alteri vi miroe m'assicuro.

Lettereamorose

Care amorose note
Che in brevi fogli accolte
Fate che l'alma nel silenzio vostro
Voci beatrici innamorata ascolte;
Spirti vitali di caduco inchiostro
Ben sete voiche chi vi legge o mira
Morto in se stesso in voi gode e respira.
Ah che la bella man che già vi scrisse
Anco il mio cor trafisse
E son quelle dolcissime ferite
Caratteri d'Amornote gradite.

Onestatenemica d'Amore.

Son nemici d'Amore
Onestate e rigore.
Sian rigide le pietree siano oneste
Sordefreddeostinate;
Perché non ama Amor bellezze ingrate
Né di crudel rigor leggi modeste.
Amor è focoe 'l foco è vita in noi;
E però ardenti son gli affetti suoi;
E non è vita viva
Una vita ad Amor ritrosa e schiva;
Perch'egli vuol tra le sue glorie tante
Il rigor mite e l'onestate amante.

Barca chese ne porta bella Dama

Superbo te ne vailegno fugace
Ladro felice col mio bene in seno?
Crudel come m'uccidi
Insensato omicida in questi lidi.
Sol la vista seguace
Vivema perché in pianto mi dileguo
Resta ellaet io ti seguo
E ti servoe ti abbraccioonda incostante
Umido spirto amante
Sin che riporti tu la bella salma
Emi rendi così la vita e l'alma.

Dama chesi dilettava di nuotare

Occhi piagnete? o che piagneste almeno
Sì che per lagrimare
Io divenissi un mare.
Che pur in queste braccia e in questo seno
Le belle membra attufferiansi a pieno;
E con avido nuoto
Facili e confidenti
Mi abbracciariano ignoto;
E sarian bacie morsi
Que' vezzosetti sorsi:
Ah d'impossibil ben vani argomenti.
Deh bastivi occhi miei fiumi dolenti
Dare il vostro tributo al Marche in tanto
Quel ben che non godo io goda il mio pianto.

Bacisemplici

Aridi asciutti e fuggitivi baci
Come per rubar voi perdo me stesso.
Ape importuna ardita
A quei celesti fior corro e mi appresso;
E con industre e supplicante volo

Se pure un bacio involo
Vi lascio l'alma che 'l bel viso stima
Quel Ciel di latteond'ella visse prima.
Senza vita così rimango in vita;
E l'amata beltà ch'erge et informa
L'amoroso cadavero m'invita
L'alma a cercar per la medesima orma.
Prego peròné perché mi si nieghi
Cesso di replicare e baci e preghi.

Bacitimidi

Ahi come brevi et interrotti baci
Son de le mie vittorie inutil palma.
O vestigi d'Amore
Cicatrici del core
Baci velen dell'alma;
Se come foste timidi e fugaci
Eravate così pronti e mordaci
Ah che forse il mio ardor sarebbe estinto
Né sarei vincitor vincendo vinto.
Ond'ora avvien che del mio ardirm'incresca
E 'l pentimento e la memoria insieme
Sian dell'incendio mio focile et esca
Sì che picchiando al cor da gli occhi spreme
Liquide fiamme Amor di doglia e speme.

Baci eparole

A queste soavissime parole
Sol con baci rispondo;
E se tu dolce parlibacio anch'io
Dolcementecor mio;
E così corrispondo
A le dolcezze tue garrulo amante;
Che questa bocca mia coi baci suoi
Ridice Eco amorosa i detti tuoi.
E quindi fatto il mio baciar facondo

E replicando quante
Voci cortesi riverente ascolto
Son baci ante orator del tuo bel volto.

Nellostesso soggetto

Voi parlateio vi bacio; e s'io potessi
Vorrei che fosser mille ogni mio bacio.
O soave armonia baci e parole;
A faconda beltà baci indefessi;
Concento grazioso
Contrappunto amoroso
Che ne risulta mentre ascolto e bacio.
Ora cortesi e sole
Labbra parlate purche al vostro suono
Baci canori ardito amante intuono
Poscia che così vuole
Amorche con dolcissima misura
Tempra i musici baci e gli assicura.

Bacisembianza dei moti del Cielo

Non sono questi bacinon son queste
Labbra nostre bacianti
Dolci sembianze d'armonia celeste?
Quelle sfere la suquei luminari
Ne gli oppositi lor moti contrari
Con replicati e sempiterni baci
Esercitan tra loro
D'amorosa union litigi e paci.
Ora baciannee sian vita e ristoro
Del nostro Amor questi mordaci ingordi
Imitator del Ciel baci concordi.

Desideriode' baci

Bacis'io vi ricerco e s'iov'onoro

È perché sete il mio vital tesoro
E perché senza voi
Non è vita tra noi.
Ecco baciansi i Cieli e gli elementi
E lo strider de' venti
Sono baci sonanti
Da l'aria concitati
Che fan l'erbe baciarsi per li prati
E ribaciar gli scogli i flutti amanti.
Cor mio senza baciar però mi moro
Che con virtù infinita
Son vita i baci de l'umana vita.

Boccaritrosa nel baciare

Avara boccaa chi conservi echiudi
I tesori che Amore e la Natura
Ti dier per gloria lorper mia ventura?
Sono influssi celesti a me i tuoi baci
E son di Amor e di Natura onore
Che lor contendi tu custode ardita;
Poiché le labbraoimècrude e tenaci
Negano a me la vita
L'uso ad Amor d'amore
E 'l suo dolce a Natura (ahi fiero errore)
Così perfida avvien ch'oggi mi ancida
Onestate rubella et omicida.

Nelsoggetto medesimo

Ardite baci mieibaci assalite
Quella bocca ritrosa. A che più sparsi
Per le guanceper gli occhi e per la fronte
Girsene lenti e scarsi?
Quivi sicuri a fronte
Vi fermateet audaci
Sfidate i chiusi e dispietati baci.
E se negan di uscire e di provarsi

Con voi a buona guerrapertinaci
Ritentatechiedete
Minacciatemordete
Né senza pugna il vostro ardor si estingua
Vaglia la forzaove non può la lingua;
Ché se pugnando rimarrete estinti
Sarete vincitor cadendo vinti.

Ènecessario l'ardire nell'amore

Mi avveggio della mia folle credenza
Che 'l timor in amar sia reverenza
Me ne pento e confesso
Ben tardi che 'l timore
È una viltà di core.
Amore altro non è che violenza
E come visse giàvive anco adesso
E signoreggia e regna
Signor rapaceet a rapire insegna.
Or non sa ben amar chi non sa ardire
E chi sa ben amar sappia rapire;
Perché resta l'amante non audace
Statua fredda d'Amoreombra seguace.

Ritornoimprovviso di bella donna in tempo di notte

O de la bianca innamorata Luna
Famiglia luminosaocchi superni
Del sol seguaci eterni;
Mute lingue di Diopompe del cielo
Ditemiamiche stelleov'è il mio bene?
Io solo in questo gelo
Notturnoe in questa pace
Del Mondomentre ognun riposa e tace
Ardopiango e m'aggiro;
Oggimai per pietate
Deh me la rivelate.
O me feliceecco non odoio miro

Risposta in voi ch'ella di già se n'viene;
Perch'orche più del solito splendete
Dal reflesso di lei la luce avete.

Partitadi bella donna in tempo di notte

Prime del Mondo occupatrici antiche
De la luce e del sol nemiche eterne
Segretarie d'Amor Tenebre amiche
Il mio terreno sole
A quel del cielo infesto
A voi confido sole
Perché odiando quello amiate questo.
Né temete di luiche quanto vuole
Tanto risplende in terra e si diffonde
E senza occaso a noi lieto s'asconde.
Scorgetelo pur voi cieche felici
Che de la vostra sorte e del mio bene
Invidi son le stelle spettatrici
Che non sanno oggimai discerner bene
Se più del giorno voi siate serene.

Dubitava bella Dama di non esser amata

Se pur voi dubitate
Donna de gli amor nostri
Perché mi comportate
Simulato Idolatra a i piedi vostri?
O se pur con la lingua mi ferite
Perché con gli occhi poi mi risanate?
Ah pietose ferite
Ah di crudel velen rimedio pio:
Occhi non mi lasciate voi morire
Perché la lingua ancor possa ferire?
Segno immortal d'Amorecco son io
Dove parole e sguardi
Son le saette e i dardi
Che ferendomi a prova

Fan la mia pena inuisitata e nova.

Contemplazione amorosa

Nel mirarvi io confesso
Ahi di perder me stesso;
Perché l'anima unita
Tutta ne gli occhi in voi gode erimembra
Il bel qua giù de la sua prima vita.
E restan poi le derelitte membra
Stupide inutilmente
E divengo io cadavero vivente.
Ma perché raggio in lor ratto s'infonde
Che di amoroso ardor tutte le accende
Quindi è che 'l cor s'incende
E che l'incendio all'alma corrisponde
Che per onorar voiministro Amore
Vi arde su l'ara del mio petto il core.

Scritturas degnosa non istimata

Va' sacrilega pena
Col mio tormento ormai
Dispersa sìche mai
Più non mi offendi ingrata
Ministra insana di amoroso sdegno.
Se ben mi giovache leggiera nata
Passasti col mio duolo al ciel repente
U' del tuo ardire indegno
Resto io felice avventuroso segno;
Poi che 'l mio sol clemente
Avendo arsa e delusa
Te con pietosa scusa
Mi lascia immerso e consolato in tanto
Icaro fortunato del mio pianto.

Mano chescrisse ingiuriosamente fu cortesemente baciata

De le tue colpe audaci
Riporti ardita mano e vezzi e baci?
O ventura dannosa
Clemenza insidiosa
Che col perdon castigae con la grazia
Vie più tormenta e strazia.
Tal pomposo divin ricco monile
Ornamento servile
Et affidan sovente
La dolcezza il veleno
E le lusinghe il freno.
O crudeltà innocente!
Mano non ti vantar di tanto onore
Ché chi ti bacia mi avvelena il core.

Bellezzae sapere

Né intender posso ancorné sovedere
Quale in voi sia maggiore
La bellezza o 'l sapere;
Splendete come sole
Come Apollo cantate;
Fiammeggian le parole
Maestra è la beltate;
E se la lingua tace
Scuopre et insegna il bel viso loquace
Con silenzio facondo
Il bel del cielo e di Natura al Mondo.
Ora con vostra pace
Lumi eterni diròch'oggi cediate
I vostri pregi a la mia cara stella
Non muta come voidi voi più bella.

Silenziodi amorosa offesa

Se il saper e tacere
È spezie di patire
Confesso di volere
E patir e morire;
Perché tacendo io moro di dolore
Infausto esempio di tradito amore.

Onestateingrata

Piango e piagnerò sempre
L'ingratissima vostra empia onestate
Sin che per gli occhi si dilegui e stempre
Questa vita che odiate;
E allor fia che m'amiate
Forsequando vedrete esser lavato
Col lungo pianto mio il vostro peccato.

Tradimentoamoroso

O rubella d'Amor mentita amante
Voi gioiteio languisco;
Voi peccateio patisco:
Né del vostro piacer già mi dispiace
Duolmi che del mio male altri si vante
E ch'io vi ami mendace
Benigna ad altria me cruda e fugace.

Nellostesso soggetto

Non più geloso amante
Son io (donna crudele)
Ma ludibrio d'Amorservo dolente.
Rigidezza incostante
Pudicizia infedele
Servitù mia delusa et innocente.

Tal non ardisce a mattutina rosa
Tra le spine natie vaga e ritrosa
Timido pellegrin stender la mano
Che se la coglie poi sozzo villano.

Tropporigorosa onestate

O mio sterile Amore
Inutil servitùvane fatiche:
Schive mendaci ortiche
Che crescon a se stesse
E verdeggiano altiere incontro al sole
Ingiuriose e sole
Son de l'affetto mio l'ingrata messe.
O nemica d'Amor beltà superba
Così i miei danni e gli error tuoi sospiro
E del tuo folle ardir meco mi adiro:
Che al fin non colto fiornon gustata erba
Cade a la Terra in seno
Aridopoco e scolorito fieno.

Pentimento amoroso

Se piansise temeise mi adirai
Furo il piantolo sdegno et il timore
Conseguenze et eccessi
D'amoroso furore.
Offeso offesi voia i cieli stessi
Non perdonai cieco ferito insano;
Così occhi miei dolenti
Ingiuriosa linguaingrata mano
Malgrado vostroavvien che pur mi penti.
Ma di quanto già scrissi
Di quanto piansi e dissi
Avventurosi rei ne' miei tormenti
Vostra carcere eterna fosse almeno
La bocca di Madonnail volto e 'l seno.

Macchierosse nelle membra di cosa amata

Come talor nell'aspro Verno algente
Da cacciatore industre
Tratta dal nido suo Damma innocente
Che ferita fuggendo intorno segna
D'orme sanguigne i mal sicuri campi
E già spirante insegna
Calda pietate a la gelata neve
Che 'l sangue in van di lei nasconde e beve:
Tal questo cor ferito avvien che stampi
Fuggendo Amor crudella neve vostra
Che già mille vestigi ne dimostra.
Et questi sono i segni in voi del sangue
Del mio cor che per voi piagato langue.

Amoroso pianto in giorno piovoso

Piove il cielo sdegnato e tenebroso
Sì che la Terra inonda
E turba il suo riposo
A la notte et al sonno.
Versano gli occhi miei lagrime tante
Che chiuder non si ponno
E ciechi nondimeno
Seguono l'alma errante
Che fugge dal mio seno.
Così piovendooimèsdegnoso umore
Miserosento esanimarmi il core.

Nellostesso soggetto

Se del tuo sole giàde le tuestelle
Ciel non mi calsee godei lieto amante
Ardito supplicante
Giorni più chiari assailuci più belle;
Infausto or più di te mi fanno in tanto
Tenebre di dolor pioggia di pianto.

Fu feritabella donna nel volto mentre pioveva

O sacrilega manoo portentosa
D'infernal crudeltà fiera ministra;
Umano ardir tant'osa?
Tanto può cieco sdegno empio furore
Ne la sua maestà ferire Amore?
Ferito Amore nel caro viso langue
Che per defender lui se stesso offerse
Al colpoe ne versò gemito e sangue;
Quindi la terra di rubini asperse
Con ferite invisibile il bel volto;
E si vide d'intorno
Agghiacciare ogni cor pietoso gelo
Impallidire il solpiagner il cielo.
Così il lume ti è tolto
A nostro dannoa tuo perpetuo scorno
Il felice d'Amor nemico giorno.

Memoria amorosa

Vita del mio dolore
Pena del mio riposo
Custode del mio amore
Registro de la mia dolente istoria
Importuna memoria
Quando un giorno fia mai che mi abbandoni?
Crudel meco la notte anco ragioni?
E turbi la mia pace
Con silenzio loquace?
Quindi misero in vano
Amorosi fantasmi abbraccio e stringo
E le noiose piume amante insano
Con desti sogni (oimè) premo e lusingo
O memoriamemoria vivo inferno
O de la vita mia tormento eterno.

Repetizioned'avvenimenti amorosi

In questo giorno a punto
In questo loco istesso
Già mi faceste vostro
Et io pur vostro adesso
Mi dichiaro e confesso.
O locoo dì felici
O spettatori amici
Del mio bendel mio ardirdell'amornostro...
Cari ministri di amorosi auspici
Ascoltate e tacete
Osservate e godete
Che sentirete confidarvi ognora
Maggior secreti ancora
E udrete risonare in mille modi
Ne i nostri eterni amor le vostre lodi.

Imitazionedell'Usignuolo

Qual dolente Usignuolo
Che abbandonato e solo
Ora stridendoor mormorando esprime
I suoi lunghi lamenti
Son ioche in basse rime
Chiedendo ormai pietà de' miei tormenti
Divengo del mio duol misera preda
E grido "io moro" e non è chi me 'lcreda.
Però se tu ben mio lodi il mio canto
Sappi che 'l mio dolor lodi e 'l miopianto.

Apollo eParnaso nel petto e nel volto di madonna

Nel petto di Madonna e nel bel viso
Quasi in proprio Parnaso
Novello Apollo oggi risiede Amore;
È l'ingegno di lei novo Pegaso
Elicona è la bocca

Le doti e le virtù sono le suore
Di amoroso furor distributrici
E quindi non si scocca
Strale dorato piùCarmi felici
Leggiadre rime elette
Sono dardi e saette
E sono il canto infinlo stilla cetra
Foco e face d'Amorarco e faretra.
Or chi fia che da Apollo lo distingua
Se fere con la penna e con la lingua.

Pennatemprata da bella donna

È la penna ministra della lingua
E la lingua del core;
Ma l'una e l'altra attendono da voi
Del lor proprio poter l'uso migliore.
Se mi temprate l'unaperché sia
Co' caratteri suoi
Atta ad espor quel che la lingua vuole;
Temprate ancora questa lingua mia
Sì ch'esprima o produca le parole
Conformi a quel concetto
Che voi cor mio dettate in questo petto.
E se spietata man ferisce l'una
L'altra ferisca ancor bocca importuna
Perch'ad ambi saran vita e soccorsi
All'una le feriteall'altra i morsi.

NellaConclusione dell'anno

Vattene pur ormai
Creatura del Cielfiglio del Tempo
Padre de' miei dilettiAnno felice;
Che mentre te ne vai
E morendo in te stesso al mondo nasci
Quasi nova Fenice
Nel mio foco rinasci.

Or tu rinato a me propizio vivi
Che quando anco di lume il ciel ti privi
E neghi al viver mio forma et essenza
Il mio solle mie stelle
E questa non errante intelligenza
De le amorose mie sfere novelle
Saranno a i giorni tuoia la mia vita
Motoleggevirtùluce infinita.

Amorosa dipartita

Partiròfinalmente.
Duro passo mortale:
Avere il ben presente
E gir lontano a ricercar il male.
Ma se il ben non è bene
Quando non è comuneio non ho bene;
O pur Tantalo amante
Ho nel presente ben tormenti e pene.
Ben mio crudel mentre io vi sono inante
Supplice ancor tremante
Deh per pietà di questa mia partita
Levatemi la vita.

Donzellasimile alla rosa

La verginella è simile a la rosa
Che pargoletta ancora
Su le materne braccia errantein seno
De la siepe natia si nutre e posa.
Quindi crescendo a la rugiadaallora
Emula dell'Aurora
Inanzi al sol rosseggia
Et apre a pena le purpuree labbia
Che scuopre ritener nel chiuso core
Con avara onestà fiamme d'Amore;
Adulta poscia se stessa vagheggia
E baldanzosa si conosce a pieno

Amata e bellae par che a sdegno s'abbia
Tanto giacer tra le custodi spine:
Così a man pellegrine
Si offre taloraet s'ella non è colta
Spoglia inutil d'Amor langue insepolta.

Per lamorte della Clarissima Signora Maria Bragadina Badoara

Vuol nel publico danno e nel dolore
Comuneo per ristoro o per vendetta
Farsi nel mondo un altro Mondo Amore
Poiché gli tolse il rio colpo mortale
Con quel volto beato
Il trionfola Reggiail Tribunale.
Così dunque dispose;
Cenerpiantisospirfiamme amorose
Sien Terraacquaaere e foco;
Sian le virtù di lei cielo stellato;
Amor primo motore
Et ella sol col nome in ogni loco
Sia spirito fecondo
Che informi poi questo novello Mondo;
E così ne saranno Adria i tuoi pianti
Memorie eterne a i pellegrini amanti.

Per lamorte dell'Illustrissima Signora Margarita Martinengadi Villachiara

O nel funesto tuo freddo silenzio
Tomba tromba d'Amormarmo loquace;
Come a i nostri lamenti
Sordo rispondie co' tuoi muti accenti
Tacito lodatore al Mondo incresci
E 'l nostro danno e la tua gloria accresci.
E tu ne gli orror tuoi Morte vivace
Dunque spegnesti il bel del Mondo (ahi lasso!)
Per avvivare un sasso?
Deh ceneri beate

Ah che sepolte voi di voi parlate
E rendete così sopite e morte
Nel sepolcro oggidì viva la Morte.

IL FINE